Flores de Saramago

FICHA TÉCNICA

AUTORIA

POESIA: JOSÉ SARAMAGO • MÚSICA E ARRANJOS: PAULA OLIVEIRA

MÚSICOS

PAULA OLIVEIRA • LEO TARDIN • BERNARDO MOREIRA • LUÍS CUNHA
BRUNO PEDROSO • JOEL SILVA • JOÃO MOREIRA • TOMÁS MARQUES
ARTISTA CONVIDADO: RICARDO RIBEIRO
CEDIDO GENTILMENTE POR WARNER MUSIC PORTUGAL

EDIÇÃO: © PAULA OLIVEIRA, MAIO 2022

JOSÉ SARAMAGO, OS POEMAS POSSÍVEIS. PORTO EDITORA, 2014
JOSÉ SARAMAGO, PROVAVELMENTE ALEGRIA. PORTO EDITORA, 2014

ISBN - 978-989-33-3226-9
DEPÓSITO LEGAL - 501559/22

Aos amores perfeitos do meu jardim,
Daniel, Pedro e Luís.

PAULA OLIVEIRA

«A minha poesia é uma poesia de segunda ou terceira classe, não vale a pena teimar. Não tive ilusões, é o que é, limpa, honesta e em algum momento terá sido algo mais do que isso mas, enfim, não vou ficar na História como poeta.», afirmou um dia José Saramago.

Hoje, muitos anos depois de ter escrito **Os Poemas Possíveis**, esses que apelidava de Possíveis ganham uma nova vida através da voz de Paula Oliveira. Seria interessante poder saber o que acharia o próprio José Saramago desta releitura dos seus poemas acompanhada de música, essa que sempre o acompanhou, e que trouxe para as páginas de muitos dos seus romances.

Infelizmente, tal não será possível, porque a morte, "essa estúpida", não nos permite. Mas a Fundação que leva o seu nome, essa sim, pode deixar constância da alegria com que recebeu, primeiro, a proposta de Paula Oliveira, e, depois, quando ouviu pela primeira vez o resultado da junção de palavras e sons que este **Flores de Saramago** encerra.

Uma obra, no momento da sua criação, não permite ao seu autor saber que caminhos percorrerá. Que sejam longos e frutuosos os deste trabalho de Paula Oliveira.
Ouçamo-lo!

Sérgio Machado Letria
Diretor da Fundação José Saramago

Poemas de José Saramago

das obras "Poemas Possíveis" e "Provavelmente Alegria"

Música de Paula Oliveira

Diz Tu Por Mim, Silêncio

Não era hoje um dia de palavras,
Intenções de poemas ou discursos,
Nem qualquer dos caminhos era nosso.
A definir-nos bastava um ato só,
E já que nas palavras me não salvo,
Diz tu por mim, silêncio, o que não posso.

Diz Tu Por Mim, Silêncio

Música Paula Oliveira
Poema José Saramago
Arranjo Paula Oliveira

31
Não e - ra ho - je um di - a de pa - la - vras,
35
in - ten - sões___ de po - e - mas ou dis - cur - sos.
39
Nem qual - quer dos ca - mi - nhos e - ra nos - so.
E já que nas pa - la vras me não sal - vo
43
1.
A___ de - fi - nir - nos bas - ta - vaum a - to só,
47
2.
Diz___ tu por mim, si - lên - cio o___ que não pos - so.

Se Não Tenho Outra Voz...

Se não tenho outra voz que me desdobre
Em ecos doutros sons este silêncio,
É falar, ir falando, até que sobre
A palavra escondida do que penso.

É dizê-la, quebrado, entre desvios
De flecha que a si mesma se envenena,
Ou mar alto coalhado de navios
Onde o braço afogado nos acena.

É forçar para o fundo uma raiz
Quando a pedra cabal corta caminho
É lançar para cima quanto diz
Que mais árvore é o tronco mais sozinho.

Ela dirá, palavra descoberta,
Os ditos do costume de viver:
Esta hora que aperta e desaperta,
O não ver, o não ter, o quase ser.

Se Não Tenho Outra Voz...

Música Paula Oliveira
Poema José Saramago
Arranjo Paula Oliveira

12
3
lar, ir fa – lan – do,a – té que so – bre A pa –
alto coa lha – do de na – vi – os On – deo
GΔ/B
Bb-7
14
la – vra escon – di – da do que pen – so.
bra – ço a – fo – ga – do nos a – ce – na.
GΔ/B
Bb-7
16
(Trompete)
A-9
F-/Ab
CΔ
19
FΔ
BØ
DØ
E-7
E7(#9)

23
É for - çar pa - rao fun - dou - ma ra - iz
A-7
25
Quan - doa pe - dra ca - bal cor - tao ca - mi - nho,
Bb7(#11)
27
É lan - çar pa - ra ci - ma quan - to diz
A-7
29
3
Que mais ár - vo - re é o tron - co mais so - zi - nho.
Bb7(#11)

31
Ad Lib. (Solo Trompete)
A-7
F-/A♭
CΔ
FΔ
BØ
DØ
E-7
E7(#9)
38
Ad Lib. (Solo Piano)
A-7
B♭Δ(#11)
42
On Cue
Ah
(Voz e Trompete)
A-7
B♭Δ(#11)
46
3
3
3
E - la di - rá, pa - la - vra des - co - ber - ta, Os
A-7
G-7

48
di – tos do cos – tu – me de vi – ver: Es – ta
A-7
G-7
50
ho – ra que a – per – ta e de – sa – per – ta, O não ver, o não ter, o qua – se
GΔ/B
Bb-7
GΔ/B
53
Voz c/Trompete Ad Lib.
ser. Ah
CΔ
C#ø
A-7
FΔ
Bø
Dø
59
A-7
(Ad Lib.)
A-7
E-7
E7(#9)
A-7
A-7

Se Não Tenho Outra Voz...

Música Paula Oliveira
Poema José Saramago
Arranjo Paula Oliveira

Acordes Guitarra

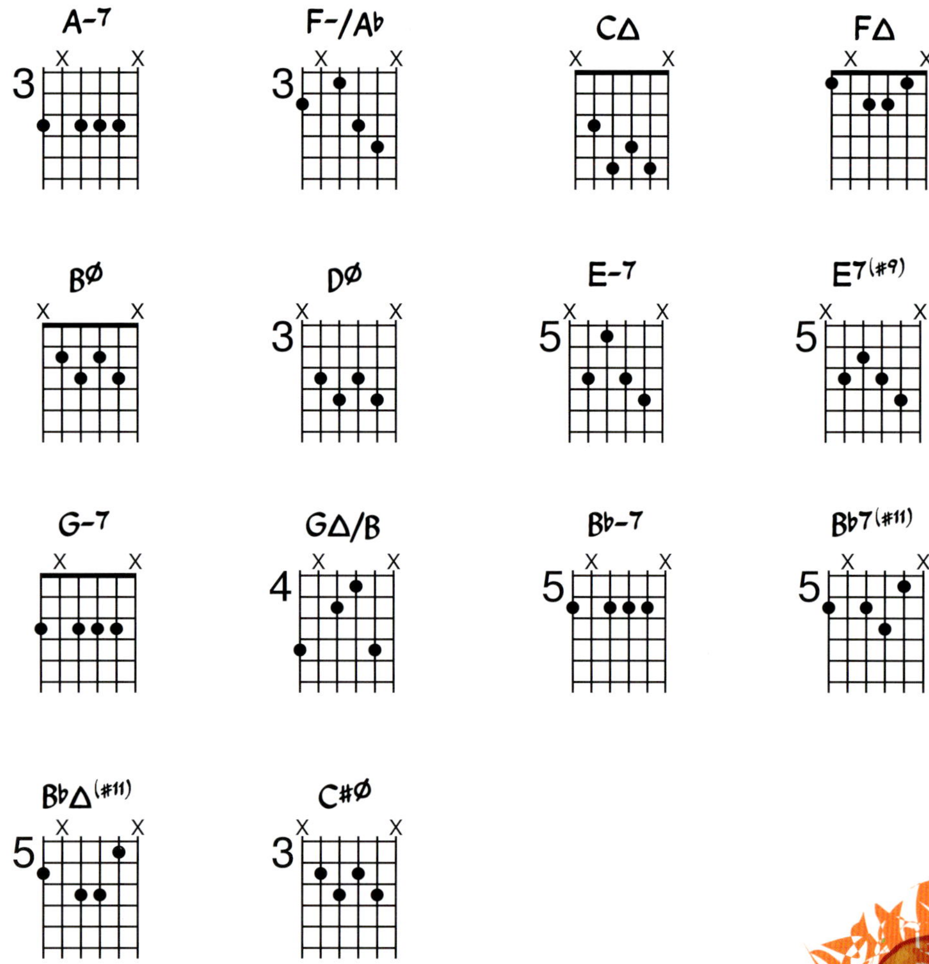

Taxidermia,
Ou Poeticamente Hipócrita

Posso falar de morte enquanto vivo?
Posso ganir de fome imaginada?
Posso lutar nos versos escondido?
Posso fingir de tudo, sendo nada?

Posso tirar verdades de mentiras,
Ou inundar de fontes um deserto?
Posso mudar de cordas e de liras,
E fazer de má noite sol aberto?

Se tudo a vãs palavras se reduz
E com elas me tapo a retirada,
Do poleiro da sombra nego a luz
Como a canção se nega embalsamada.

Olhos de vidro e asas prisioneiras,
Fiquei-me pelo gasto das palavras
Como rasto das coisas verdadeiras.

Taxidermia, Ou Poeticamente Hipócrita

Música Paula Oliveira
Poema José Saramago
Arranjo Paula Oliveira

12
A Tempo ♩= 160
(Piano a Solo)
E-/F#
E-6/F
16
(+ Secção Rítmica)
E-/F#
E-6/F
20
Pos-so fa-lar de mor-teen-quan-to vi-vo? Pos-so ga-nir de fo-mei-ma-gi-na-da?
Pos-so ti-rar ver-da-des de men-ti-ras. Ou i-nun-dar de fon-tes um de-ser-to?
E-/F#
22
1.
Pos-so lu-tar nos ver-sos es-con-di-do? Pos-so fin-gir de tu-do, sen-do na-da?
Pos-so mu-dar de cor-das e de li-ras,
E-6/F
E-/F#

Ao 20 c/Rep. e Segue
2.
E fa-zer de má noi-te sol a-ber-to? Se
E-6/F
E-/F#
28
tu - do a vãs pa-la-vras se re-duz
po - lei - ro da som-bra ne-goa luz
B-7
à Coda
E com e-las me ta-poa re-ti-ra - da, Do
Co-moa can-ção se ne-gaem-bal-sa-ma - da.
C7(#11)
32
Ad Lib. (Solo Trompete)
(6/4 feel)
E-7/F#

34
FΔ/G
36
On Cue
Pos - so fa - lar...
Pos - so ti - rar...
Pos - so ga - nir...
Ou i - nun - dar...
E-/F#
38
D.S. al Coda
Pos - so lu - tar...
Pos - so mu - dar...
Pos - so fin - gir
Pos - so mu - dar
FΔ/G

nota: agradecimento especial a Luiz Avellar, pelo contributo na sugestão rítmica para piano.

Taxidermia, Ou Poeticamente Hipócrita

Música Paula Oliveira
Poema José Saramago
Arranjo Paula Oliveira

Acordes Guitarra

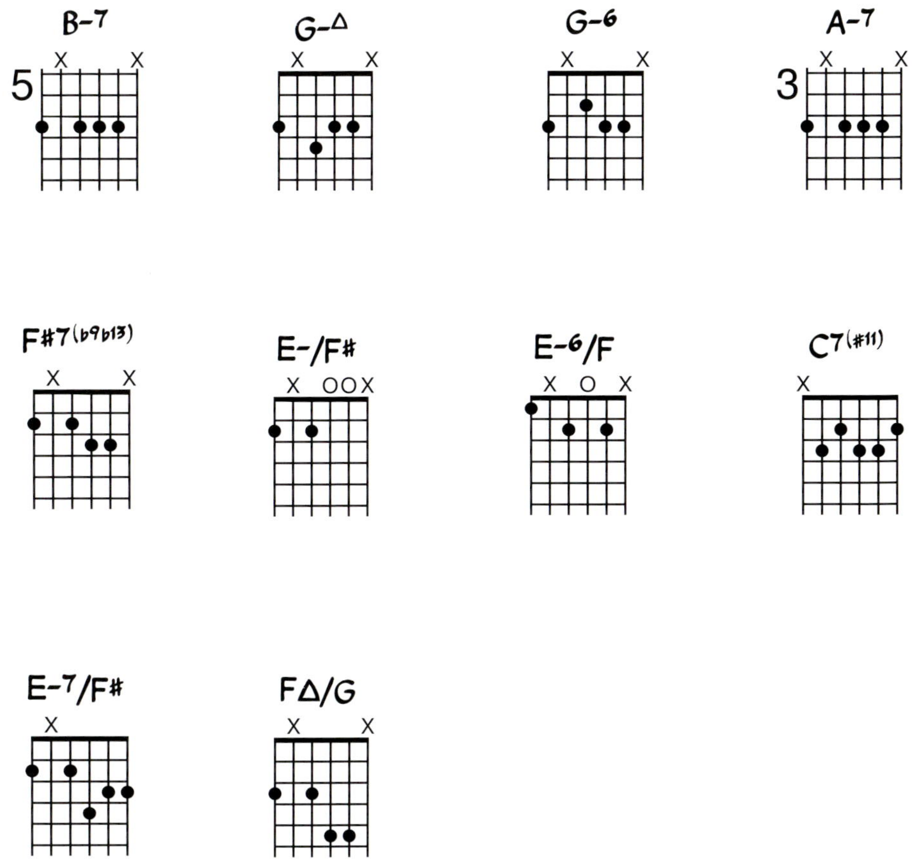

Ergo Uma Rosa

Ergo uma rosa, e tudo se ilumina
Como a lua não faz nem o sol pode:
Cobra de luz ardente e enroscada
Ou ventos de cabelos que sacode.

Ergo uma rosa, e grito a quantas aves
O céu pontua de ninhos e de cantos,
Bato no chão a ordem que decide
A união dos demos e dos santos.

Ergo uma rosa, um corpo e um destino
Contra o frio da noite que se atreve,
E da seiva da rosa e do meu sangue
Construo perenidade em vida breve.

Ergo uma rosa, e deixo, e abandono
Quanto me doi de mágoas e assombros.
Ergo uma rosa, sim, e ouço a vida
Neste cantar das aves nos meus ombros.

Ergo Uma Rosa

Música Paula Oliveira
Poema José Saramago
Arranjo Paula Oliveira

38
D♭△
C-7
D♭△
E-7
E♭-7
42
D.C. al Coda
D♭△
C-7
A♭7(#11)
G7
CODA
46
Er - go u-ma ro - sa,e tu - do see lu-mi - na
C△
G△
A♭△
G△

Ergo Uma Rosa

Música Paula Oliveira
Poema José Saramago
Arranjo Paula Oliveira

Acordes Guitarra

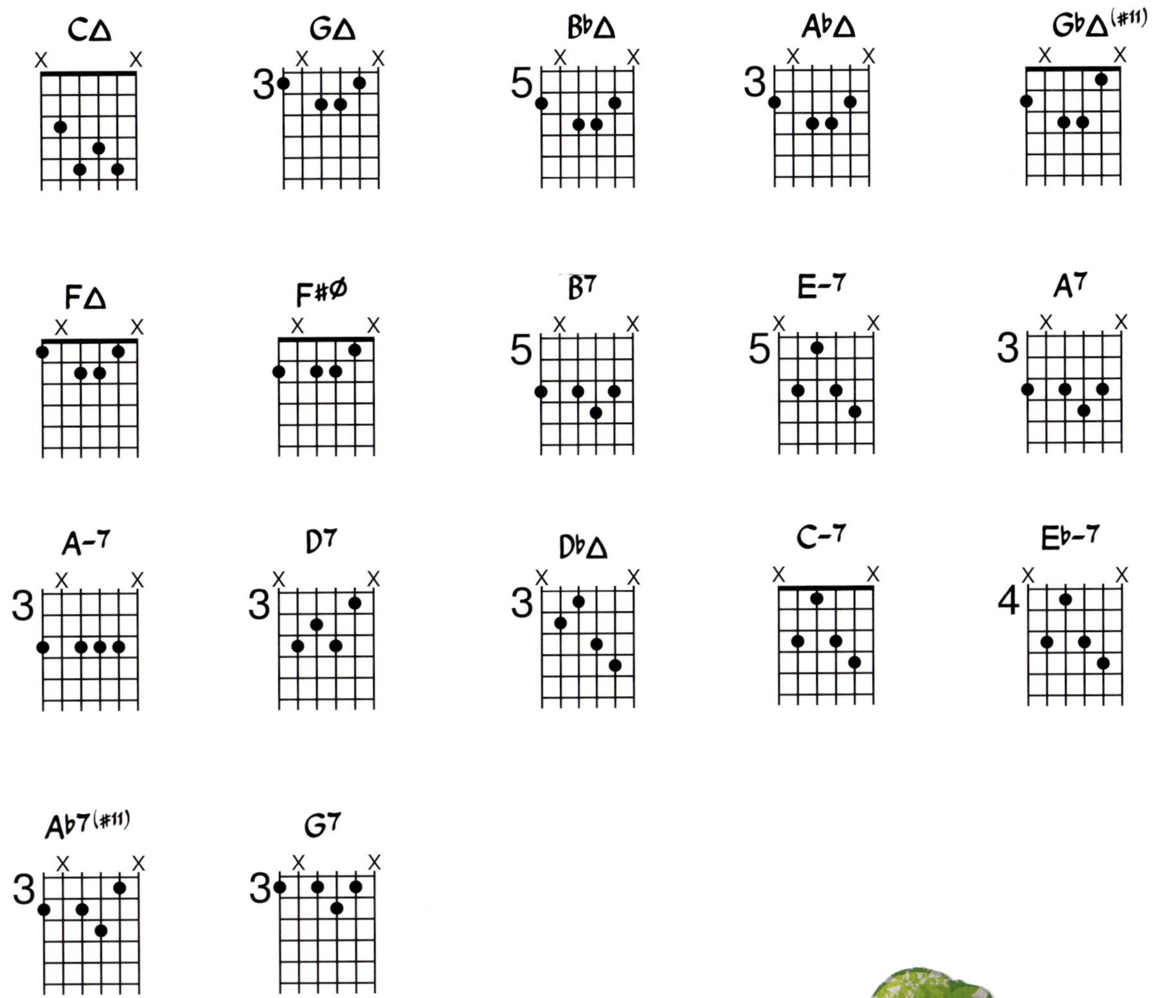

Romeu e Julieta

* Julieta a Romeu / ** Romeu a Julieta

* É tarde, amor, o vento se levanta,
A escura madrugada vem nascendo,
Só a noite foi nossa claridade.

Já não serei quem fui, o que seremos
Contra o mundo há-de ser, que nos rejeita,
Culpados de inventar a liberdade.

** Eu vou amor, mas deixo cá a vida,
No calor desta cama que abandono,
Areia dispersada que foi duna.

Se a noite se fez dia, e com a luz
O negro afastamento se interpõe,
A escuridão da morte nos reúna.

Romeu e Julieta

Música Paula Oliveira
Poema José Saramago
Arranjo Paula Oliveira

Jazz Ballad ♩ = 60

(*) Agradecimento especial a Leo Tardin pelo seu contributo na escrita da progressão harmónica do arranjo do piano, nos compassos 48 e 49.

Romeu e Julieta

acordes guitarra

Música Paula Oliveira
Poema José Saramago
Arranjo Paula Oliveira

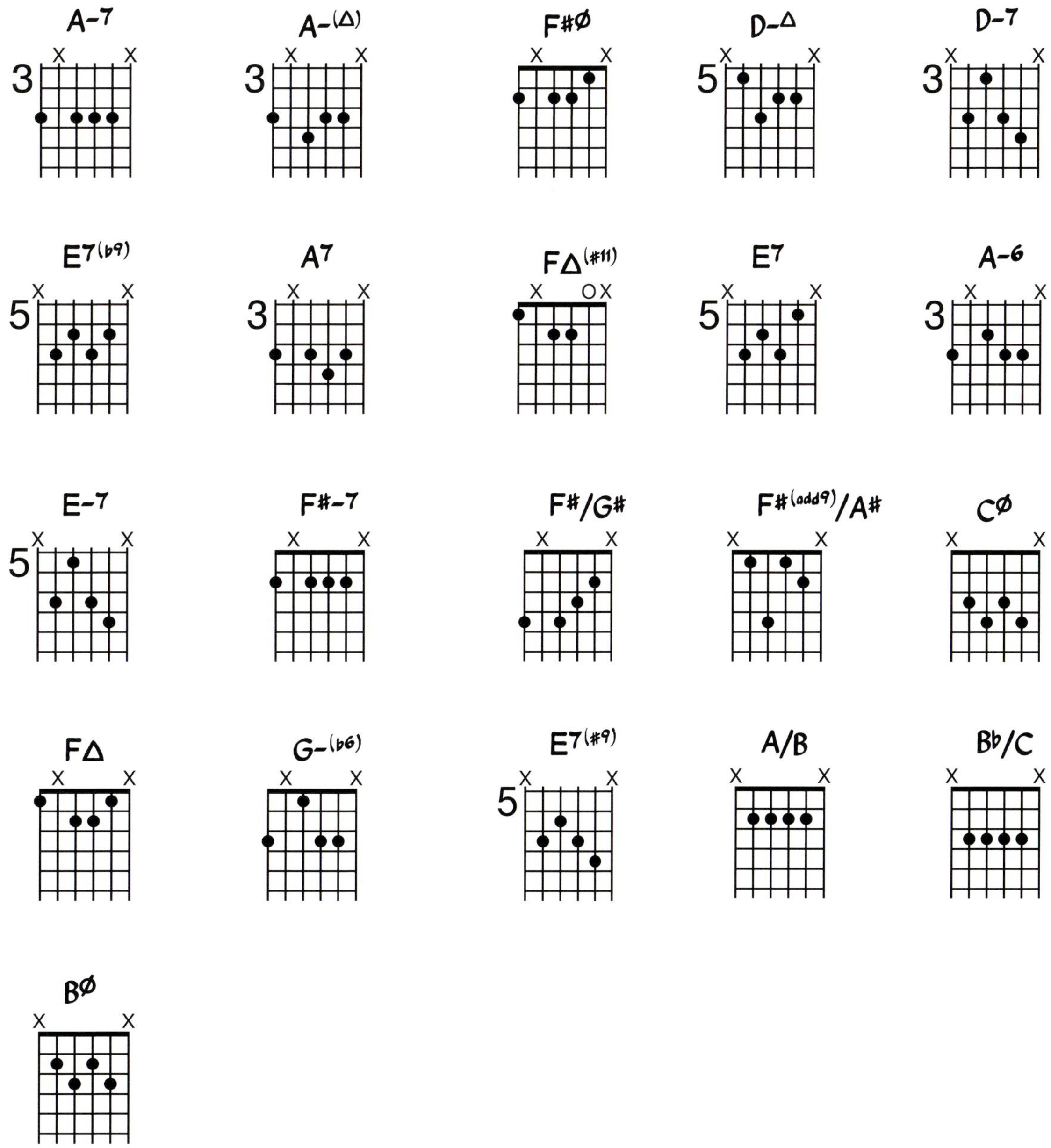

Passado, Presente, Futuro

Eu fui. Mas o que fui já me não lembra:
Mil camadas de pó disfarçam, véus,
Estes quarenta rostos desiguais.
Tão marcados de tempo e macaréus.

Eu sou. Mas o que sou tão pouco é:
Rã fugida do charco, que saltou,
E no salto que deu, quanto podia,
O ar dum outro mundo a rebentou.

Falta ver, se é que falta, o que serei:
Um rosto recomposto antes do fim,
Um canto de batráquio, mesmo rouco,
Uma vida que corra assim-assim.

Passado, Presente, Futuro

Música Paula Oliveira
Poema José Saramago
Arranjo Paula Oliveira

18
sou. Mas o que sou tão pouco é: Rã fu-gi-da do charco, que sal-tou, E no
GΔ CΔ D7 B-7
22
sal - to que deu, quanto po - di - a, O ar dum ou - tro mundo a re - ben - tou. Falta
B♭Δ(#11) A-7 F#-7 FΔ(#11)
26
ver, se é que falta, o que se - rei: Um ros - to re-compos-to an - tes do fim Um
GΔ CΔ D7 B-7
30
can - to de ba - tra-quio, mes-mo rou - co, U - ma vi - da que corra as-sim as - sim. Eu
B♭Δ(#11) A-7 F#-7 FΔ(#11)
34
fui. Mas o que fui já me não lem - bra: Eu sou. Mas o que sou tão pouco é: fal - ta
D7 CΔ D7 CΔ

38
ver, se é que falta,o que se-rei: Um ros-to recom-posto, Um can-to de ba-tráquio, U-ma
D7
B-7
Bb7
G6/A
Gb6/Ab
G7
42
vidaas-sim as-sim.
(N.C.)
46
Fine
50
Ad Lib. - Solos
GΔ
CΔ
B-7
54
BbΔ(#11)
A-7
F#-7
FΔ(#11)

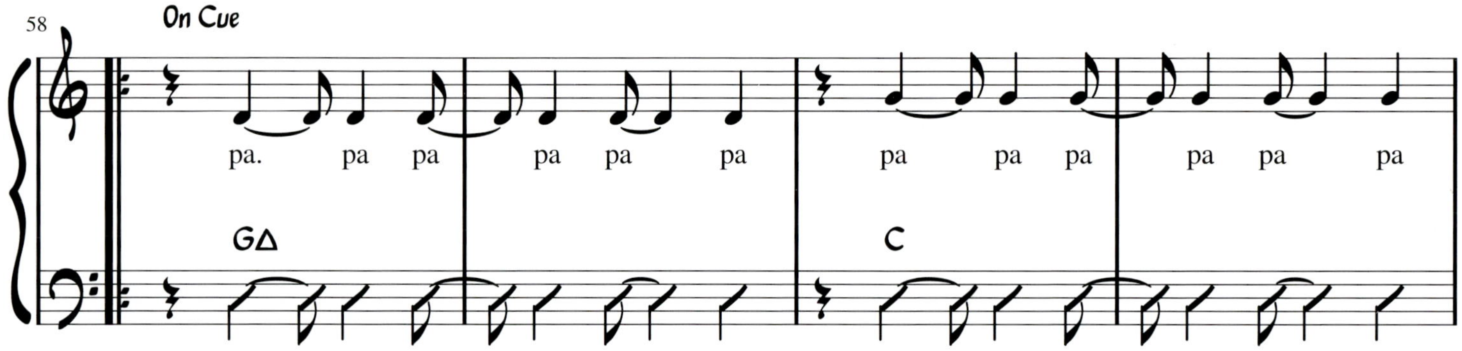

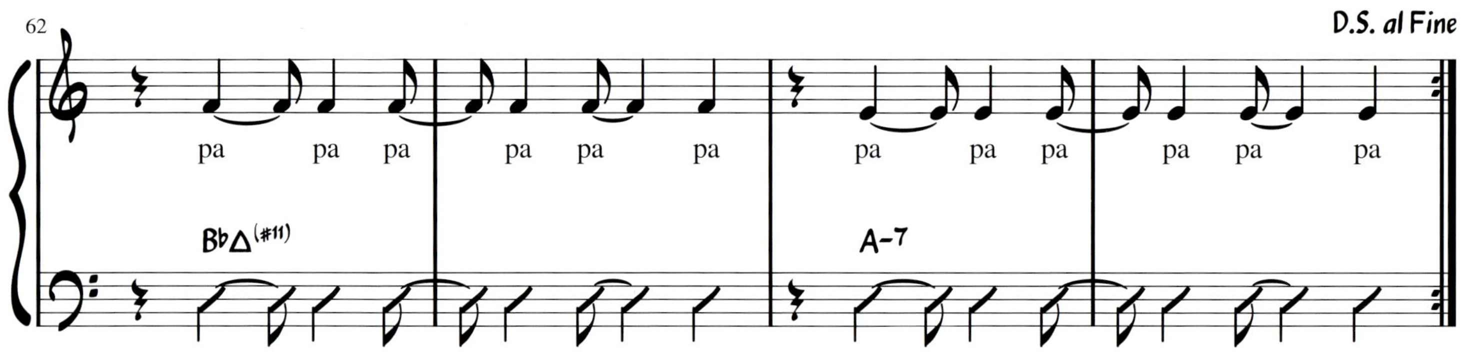

Passado, Presente, Futuro

Música Paula Oliveira
Poema José Saramago
Arranjo Paula Oliveira

acordes guitarra

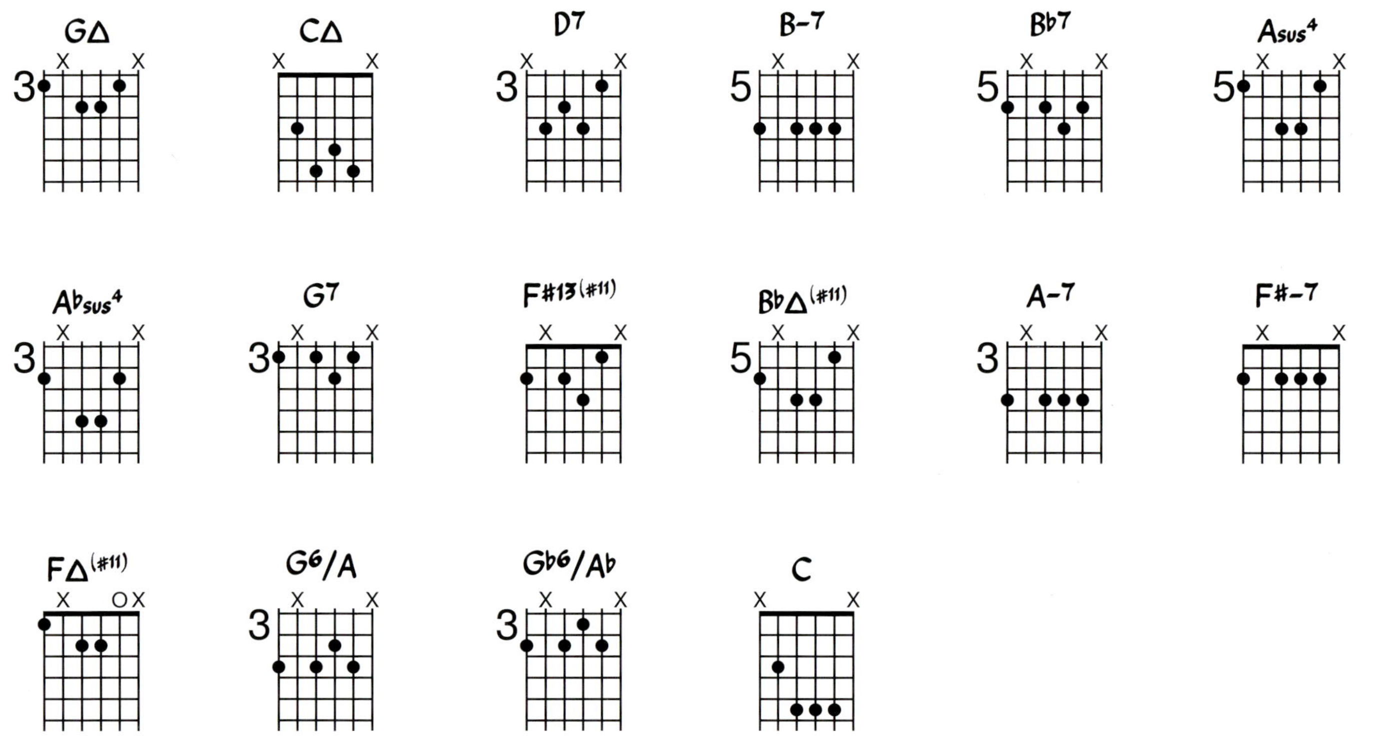

Adivinha

Quem se dá quem se recusa
Quem procura quem alcança
Quem defende quem acusa
Quem se gasta quem descansa

Quem faz nós quem os desata
Quem morre quem ressuscita
Quem dá a vida quem mata
Quem duvida e acredita

Quem afirma quem desdiz
Quem se arrepende quem não
Quem é feliz infeliz
Quem é quem é coração

Receita

Poema recitado

Tome-se um poeta não cansado,
Uma nuvem de sonho e uma flor,
Três gotas de tristeza, um tom dourado,
Uma veia sangrando de pavor.

Quando a massa já ferve e se retorce
Deita-se a luz de um corpo de mulher,
De uma pitada de morte se reforce,
Que um amor de poeta assim requer.

Adivinha

Música Paula Oliveira
Poema José Saramago
Arranjo Paula Oliveira

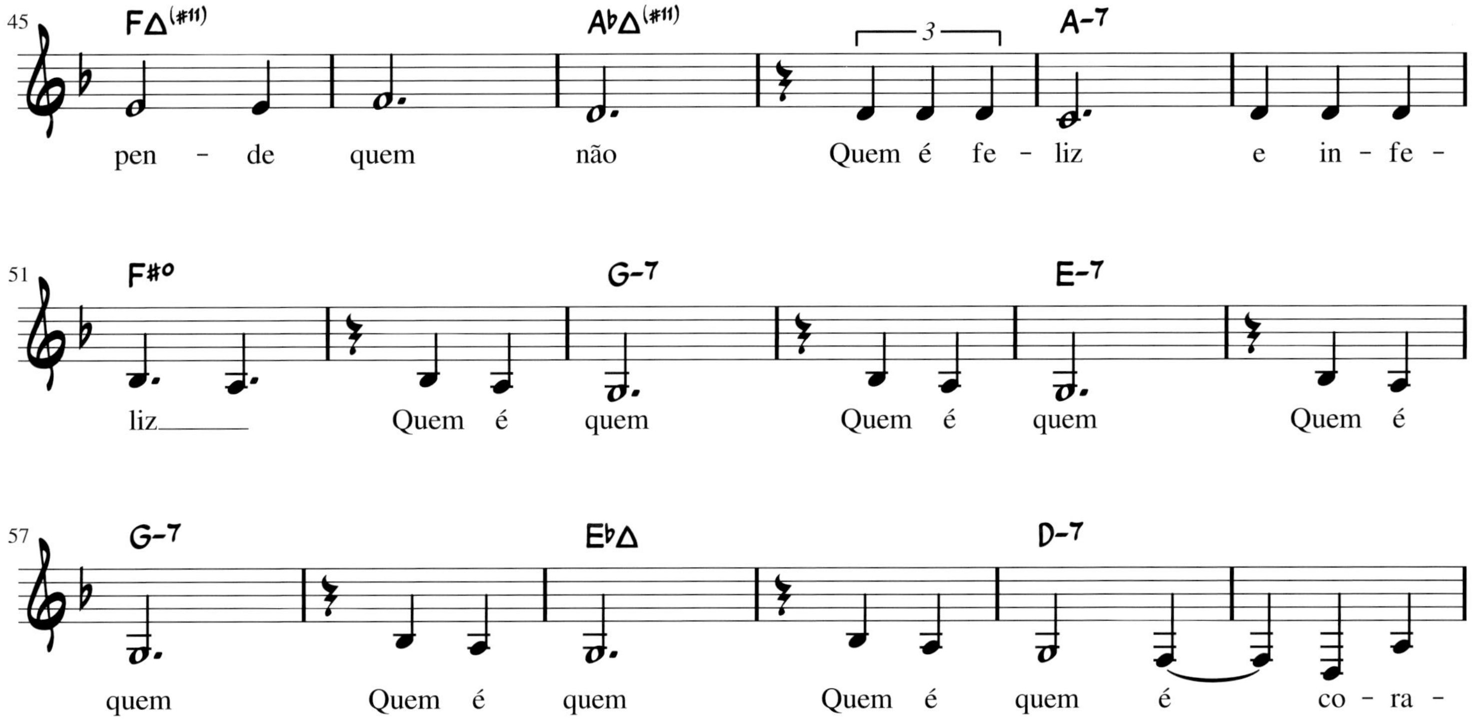

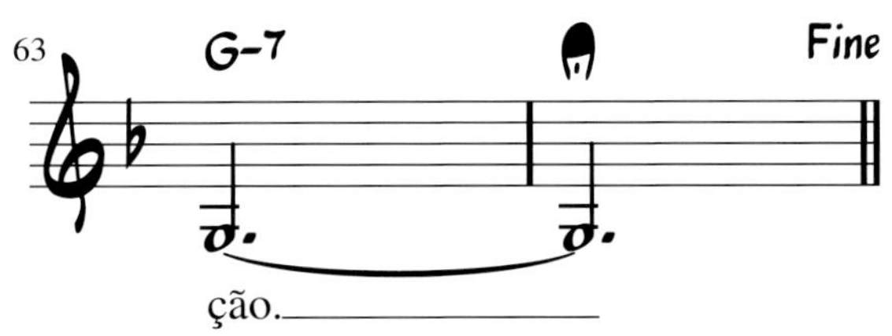

Recitativo: Receita
Improvisação Livre a acompanhar o Recitativo.
Depois D.C. al Fine

Adivinha

Música Paula Oliveira
Poema José Saramago
Arranjo Paula Oliveira

acordes guitarra

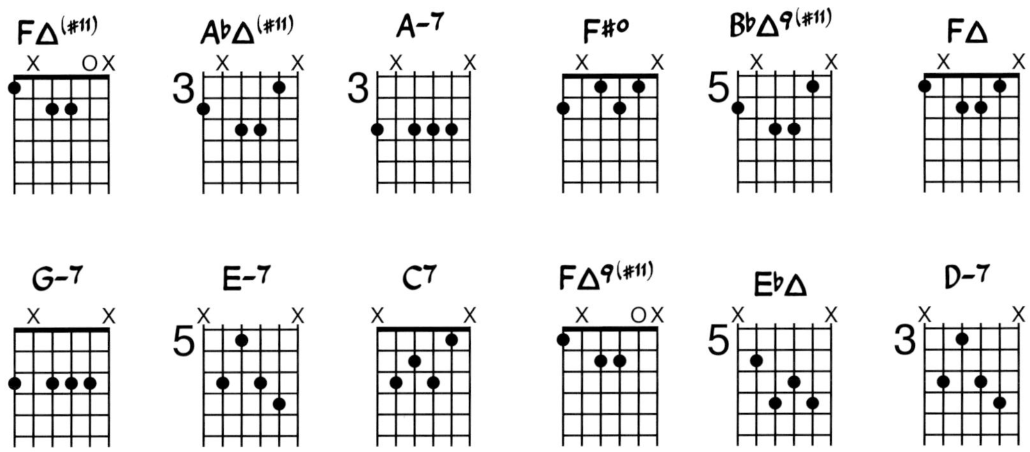

Circo

Poeta não é gente, é bicho coiso
Que da jaula ou gaiola vadiou
E anda pelo mundo às cambalhotas,
Recordadas do circo que inventou.

Estende no chão a capa que o destapa,
Faz do peito tambor, e rufa, salta,
É urso bailarino, mono sábio,
Ave torta de bico e pernalta

Ao fim toca a charanga do poema,
Caixa, fagote, notas arranhadas,
E porque bicho é, bicho lá fica,
A cantar às estrelas apagadas.

Circo

Música Paula Oliveira
Poema José Saramago
Arranjo Paula Oliveira

15
dadas do cir-co quein-ven-tou. Es-ten-de no chão a ca-pa
(DØ) (C-) (C-)
18
queo des-ta-pa, Faz do pei-to tam-bor, e ru-fa, sal-ta, É
(G-)
21
ur-so bai-la-ri-no, mo-no sá-bio, A-ve torta de bi-co e per-nal-ta. Ao
(F-) (DØ) (C-)
25
fim to-caa cha-ran-ga do po-e-ma, Cai-xa, fa-go-te,
(A♭/G) (F-) (DØ)

28
no-tas ar-ra-nha-das, E por-que bi-cho é, bi-cho lá fi-ca, A can-
Db7(#11)
G-
F-
31
(Saxofone Alto)
tar às es-tre-las a-pa-ga-das.
(D°7)
(C-)
(N.C.)
35
39
(N.C.)

nota: agradecimento especial a Daniel Bruno Schvetz, pela sugestão rítmica da "milonga".

Circo

acordes guitarra

Música Paula Oliveira
Poema José Saramago
Arranjo Paula Oliveira

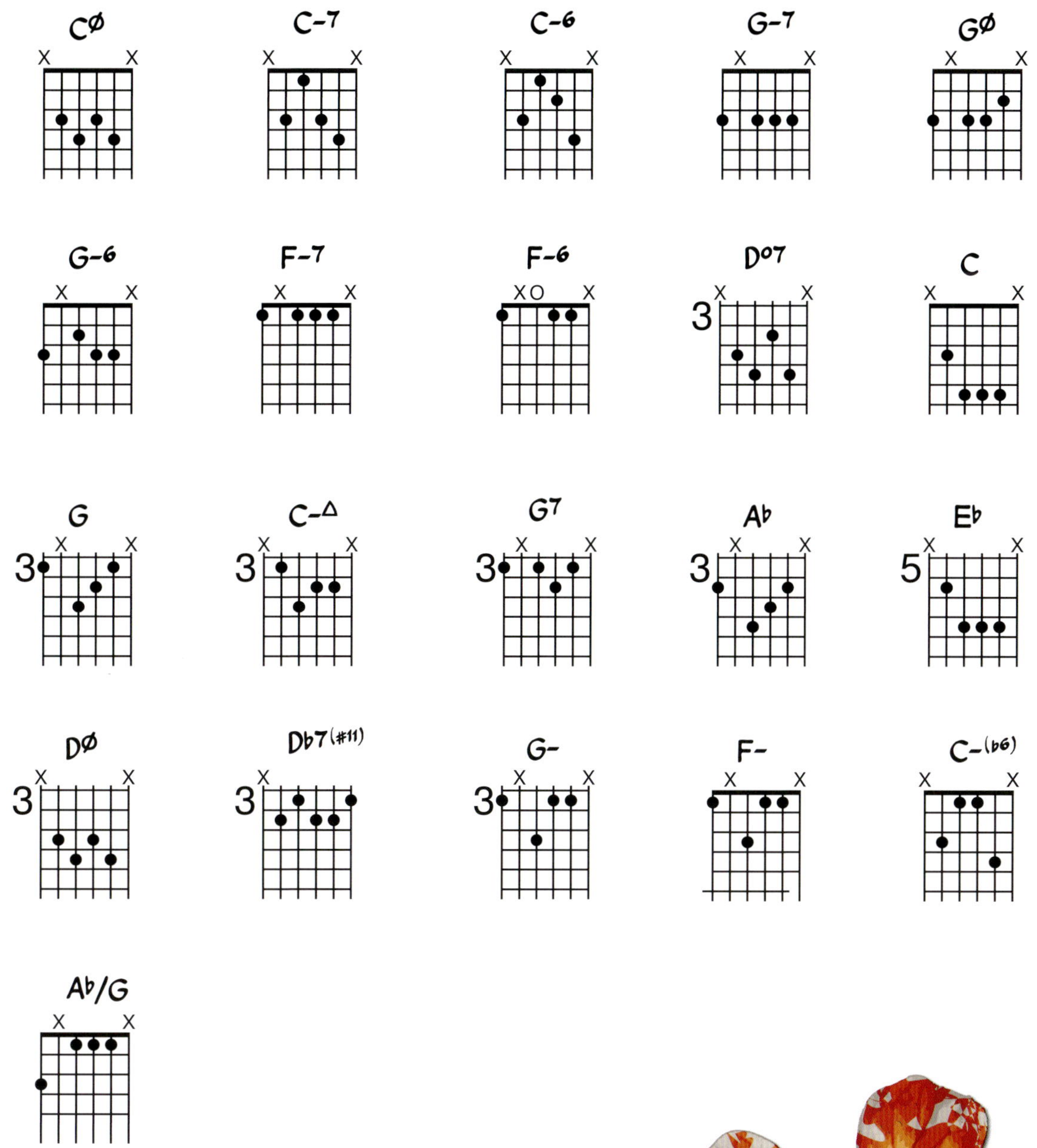

Venho De Longe, Longe

Venho de longe, longe

Venho de longe, longe, e canto surdamente
Esta velha, tão velha, canção de rimas tortas,
E dizes que cantei a outra gente,
Que outras mãos me abriram outras portas:

Mas, amor, eu venho neste passo,
E grito, da lonjura das estradas,
Da poeira mordida e do tremor
Das carnes maltratadas,
Esta nova canção com que renasço.

Venho De Longe, Longe

Música Paula Oliveira
Poema José Saramago
Arranjo Paula Oliveira

B
mor, eu__ ve-nho nes-te pas-so nes-te pas-so, E gri-to, da lon-ju-ra das es - tra___ das, Da po-
A-7 G-7 G-6 A-7 A♭Δ+5 D♭/A♭
ei - ra mor-di-dae do tre - mor Das_car-nes mal-tra - ta-das, Es-ta no__ va can - ção com_ que re-nas_
BØ B♭7(#11) C#-11 B♭Ø
à Coda
C
___ ço. Ve__ nho de Lon__ ge, Ve__ nho de Lon__ ge, Ve__ nho de Lon__ ge, Ve__ nho de
B-7 B♭Δ(#11) A-7
Lon__ ge, Ve__ nho de Lon__ ge, Ve__ nho de Lon__ ge, Ve__ nho de Lon__ ge Ve__ nho de
CΔ/A♭ CΔ♭5/A♭ FΔ/G EΔ/F# FΔ(#11)

D
30
Lon_ ge.
E-7
F/E
E-7
B♭/E
E
34
Ad Lib. (Solo Piano)
A-7
G-7
G-6
A-7
A♭Δ+5
F-/A♭
38
BØ
B♭7(#11)
C#-7
B♭Ø
F
42
D.S. al Coda
E-7
F/E
E-7
B♭/E

CODA
Lon_ ge, Ve_ nho de Lon_ ge, Ve_ nho de Lon_ ge, Ve_ nho de Lon_ ge, Ve_ nho de
B-7
Bb∆(#11)
A-7
Ab7(#11)
Lon_ ge, Ve_ nho de Lon_ ge, Ve_ nho de Lon_ ge Ve_ nho de Lon_ ge.
F∆/G
E∆/F#
F∆(#11)
E-7
Rit...
Bb/E

Venho De Longe, Longe

Música Paula Oliveira
Poema José Saramago
Arranjo Paula Oliveira

acordes guitarra

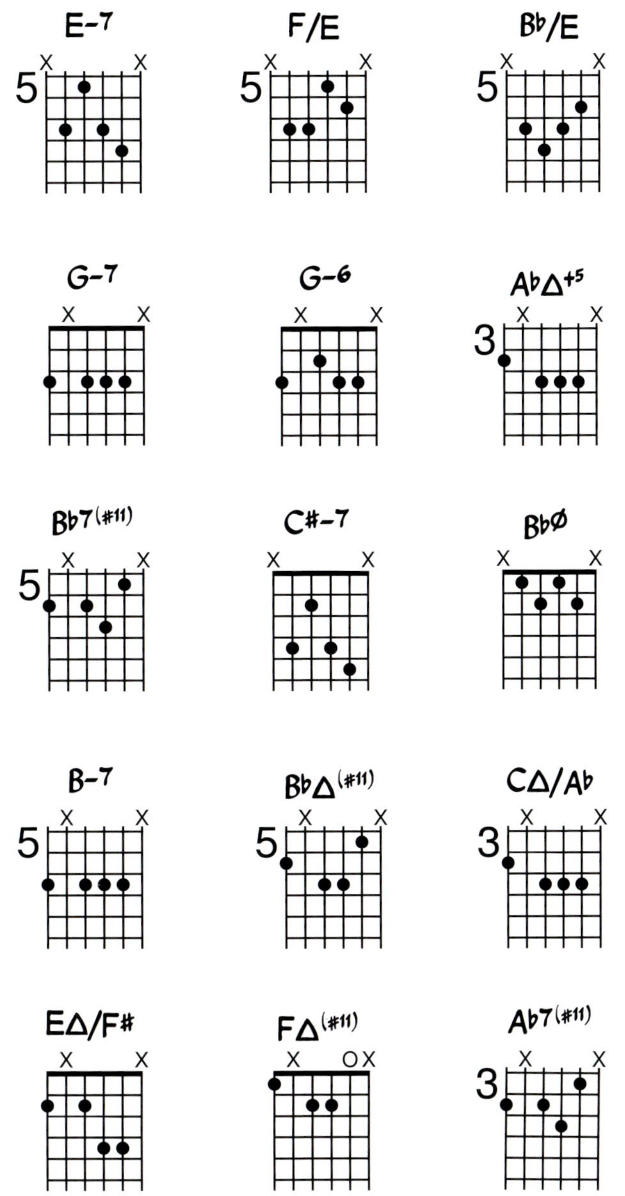

Flores de Saramago

PAULA OLIVEIRA

Músicos
Paula Oliveira _ voz
Léo Tardin _ piano & keyboards
Bernardo Moreira _ contrabaixo
Bruno Pedroso _ bateria (faixas 2, 3, 7 e 9)
Joel Silva _ bateria (faixas 4, 5, 6 e 8)
Luís Cunha _ trompete & flueguel (faixas 2 e 3)
Tomás Marques _ sax (faixas 4 e 8)
João Moreira _ trompete (faixas 5 e 7)

Cantor convidado
Ricardo Ribeiro _ dueto (faixa 5)

Autoria Poesia
José Saramago
Composição Musical e Arranjos
Paula Oliveira

Direção e Produção Musical
Paula Oliveira
Produção Executiva
Paula Oliveira

Gravado
Estúdios Timbuktu
Engenheiro de Som
Mário Pereira
Atlântico Blue Estudios
Técnico de Som
Marco Silva
Mistura e Masterização
Mário Pereira

Design Gráfico
Manuel Barros
Ilustração
Main Well

Edição de Partituras
Claus Nymark